¡Que los mayores!

Antoni Dalmases / María Espluga

Primera edición: julio 2001
Décima edición: marzo 2008

Dirección editorial: Elsa Aguiar
Traducción del catalán: Antoni Dalmases

Título original: *Son estranys els grans!*
© del texto: Antoni Dalmases, 1995
© de las ilustraciones: María Espluga, 1995
© Ediciones SM, 1995
 Impresores, 2
 Urbanización Prado del Espino
 28660 Boadilla del Monte (Madrid)
 www.grupo-sm.com

ATENCIÓN AL CLIENTE
Tel.: 902 12 13 23
Fax: 902 24 12 22
e-mail: clientes@grupo-sm.com

ISBN: 978-84-348-6193-0
Depósito legal: M-11110-2008
Impreso en España / *Printed in Spain*
Raíz Técnicas Gráficas, SL - Gamonal, 19 - 28031 Madrid

Queda prohibida, salvo excepción prevista en la Ley, cualquier forma de reproducción, distribución, comunicación pública y transformación de esta obra sin contar con la autorización de los titulares de su propiedad intelectual. La infracción de los derechos de difusión de la obra puede ser constitutiva de delito contra la propiedad intelectual (arts. 270 y ss. del Código Penal). El Centro Español de Derechos Reprográficos vela por el respeto de los citados derechos.

Para Laia D. G.
También para Joan
y Mónica

¡Qué raros son los mayores!
¡Preguntan cada cosa...!
—Laia, bonita, ¿estás durmiendo?
—me ha despertado mamá.

¡Pues claro que dormía!
Con más prisa que nunca,
me ha cambiado los pañales y me ha vestido.

Papá me ha dado la papilla, nervioso,
y me han metido en el coche muy de mañana.

Yo he pensado que íbamos a casa de los abuelos.
Pero, al parecer, hoy no tocaba
ver a los abuelos.

Al bajar del coche
ya he notado que pasaba algo extraño.

Han llamado a una casa
y mamá me ha puesto
en brazos de una señora
que sonreía sin parar.
La señora me ha dicho esas cosas
que acostumbran a decir los mayores
poniendo cara de bobos:
—¡Qué niña tan mona!
¿Verdad que jugaremos mucho, Laia?
—y sin dejar de sonreír,
me ha metido dentro.

No me ha gustado nada.
Mis padres me han dicho adiós con la mano.
Se esforzaban en sonreír
y poner caras alegres.

Entonces he pensado
que me habían engañado un poco
y me he puesto a llorar.
Pero me he callado
cuando los he perdido de vista,
porque me he dado cuenta
de que no valía la pena esforzarse.

Aquella señora sonriente
me ha dejado en medio de un follón enorme.
Ha explicado a todos los niños y niñas
que correteaban por allí
que yo me llamo Laia.

Pero todos iban a su aire
y no han hecho ningún caso.

Dos niños que jugaban con unos dados enormes me han mirado un momento.

En un rincón, otros tres niños dormían en unas hamacas.

He cogido una muñeca del suelo
y se ha acercado un niño de pelo rizado,
con aspecto de querer quitármela.

He puesto cara de pocos amigos,
y se ha dado la vuelta.

Al poco rato,
la misma señora, siempre sonriente,
nos ha sentado en corro para cantar.
Nos hacía mover las manos y los brazos.
La he visto tan contenta
cuando nos movíamos,
que he pensado que valía la pena
seguirle el juego para hacerla feliz.

Ha sido a la hora de comer
cuando he echado más en falta a mamá.
Una niña con coletas se ha puesto a llorar
y todos la hemos imitado a coro,
pidiendo ver a nuestras madres.

Pero no nos han hecho ningún caso
y nos hemos cansado de soltar lágrimas
mientras tragábamos papilla.

Al terminar, hemos hecho un tren
cogidos de los vestidos
y nos han acostado en una fila de hamacas.

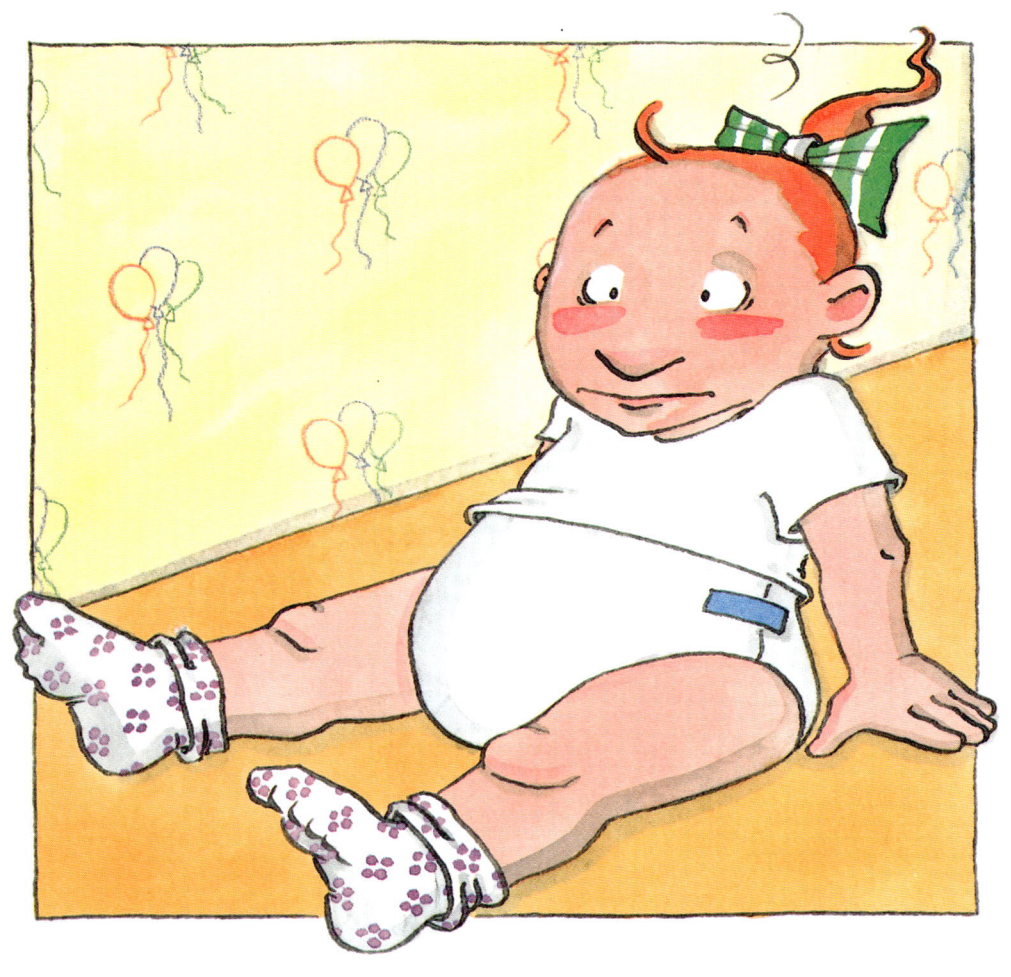

Al despertar, la señora
me ha cambiado los pañales.
Lo hacía tan deprisa
que me movía de un lado a otro.

Enseguida me ha tocado merendar un yogur.
A mí no me gusta el yogur.
He procurado que la buena mujer
lo comprendiera,
llorando y derramando cuanto podía.
Al cabo de un buen rato,
han venido a buscarme mis padres.
Tenían cara de preocupados.

Me abrazaban y sonreían.
Yo he chillado,
pero ellos solamente preguntaban
si me había gustado.

Pero por la noche,
cuando mamá me bañaba antes de cenar
y yo estaba tan feliz y contenta,
porque ya había medio olvidado
este día tan raro que he pasado,

me ha dejado de una pieza al comentar:
—¿Verdad que te lo has pasado bien, Laia?
Ya verás, mañana,
cuando vuelvas a encontrarte
con tus amiguitos...

¡Yo que pensaba que ya había cumplido!
No entiendo nada.
Me gustaría poder hablar
para preguntar si va a durar muchos días
aquella comedia del tren y los yogures.
¡Qué raros son los mayores!